ぼくの犬スーザン

ニコラ・デイビス／文　千葉茂樹／訳　垂石眞子／絵

あすなろ書房

もくじ

THE DOG THAT SAVED CHRISTMAS
by Nicola Davies

First published in 2018 in Great Britain by Barrington Stoke Ltd

Japanese translation rights arranged with Barrington Stoke, Edinburgh
through Tuttle-Mori Agency, Inc., Tokyo

スノーマンの空気人形

ジェイクはクリスマスが大きらいだ。なにもかもが、いつもとちがうようになってしまうから。ふだんどおりの生活じゃなくなって、なにかおかしなことがおこりそうな気がする。だから、不安《ふあん》でしょうがない。食べものまでいつもとちがう。しかも、それが何日かつづく。

ジェイクはときどきこうおもう。クリスマスから大みそかまで、ずっとベッドでねていたい。そして、ぜんぶがおわったら目をさますんだ。クリス

マスの日の最初《さいしょ》の一秒《びょう》が、どこかに消《き》えて、その日がはじまらなければいいのに。もちろん、そんなことは、おこりっこないんだけど。

クリスマスをむかえるまでのあいだも、おそろしい。商店街《しょうてんがい》のデコレーションはチカチカと光をはなって、目がいたくなる。近所《きんじょ》の人たちが、わけのわからないことをはじめるのもいやだ。夜、くらくなってから、ジェイクの家のまえにたって、クリスマスキャロルをうたいはじめたりとか。

それに、とうさんとかあさんは、家のリビングルームに木をもちこむんだ！　モミの木は、山のなかになくちゃいけないのに。家のなかでキラキラのモールでかざられて、とがった葉《は》のさきで、ジェイクの足をチクチクさしたりしちゃだめだ。

それでも、とうとうクリスマスの時期《じき》がはじまった。いつもどおりの日曜の午後が、だいなしになってしまった。

ジェイクは、おにいちゃんのアンディとソファにすわっていた。アンディは、もうおとなといってもいいぐらい大きい。ふたりで、ジェイクのお気にいりのドキュメンタリーを見ていた。ヒョウが狩《か》りをする番組だ。すくなくとも、ジェイクはちゃんと見ていた。アンディはスマホをいじっていたけど。

かあさんは、階段《かいだん》の下の物置《ものおき》から、大きな箱《はこ》をかかえてでてきた。そして、その箱《はこ》をソファのまえにドンとおいて、なかからひもみたいにつながったクリスマスツリー用の電球《でんきゅう》をひっぱりだした。

「ねえ、アンディ、プラグをさしてちょうだい」かあさんはいった。

アンディは長いうでをのばして、かべのコンセントにプラグをさしこんだ。スマホから顔をあげもしないで。

電球《でんきゅう》がパッとついた。

「ジャジャーン！　やったね。ちゃんとついた！　これでクリスマスも正式《せいしき》

にはじまった」かあさんは大よろこびだ。

「かあさんったら、ガキんちょみたいだな！」アンディはそういいながらわらった。

電球《でんきゅう》がチカチカとまたたきはじめた。ジェイクはクッションを顔のよこにたてて、光が目にはいらないようにした。

「あらら、ごめんねジェイク」かあさんがいった。

アンディはさっとプラグをぬいた。「ほら、もうだいじょうぶだろ？」

ジェイクはクッションを顔にあてたまま、返事《へんじ》をしなかった。じっとテレビを見つめる。

お気にいりの番組の、いちばんすきな場面《ばめん》だ。ジェイクはもう何百回も見た。ヒョウがインパラをつかまえるシーンだ。でも、一度《ど》つかまったインパラは、にげだしてしまう。ジェイクには、ヒョウがおこっているのがわかった。えものをつかまえるのは、すごくたいへんなことだからだ。

しんけんに見ているのに、ジェイクの頭のなかでは、まだ電球《でんきゅう》がチカチカしていて、大すきなヒョウのすがたが、やきつくされてしまったみたいだ。クリスマスは、こんなふうに、なにもかもだいなしにしてしまう。毎年そうだった。

ジェイクはクッションをゆかにたたきつけて、なにもいわずに、ドスドスと二階《かい》にあがった。アンディとかあさんが、気をつかってくれているのはわかっていたけれど。

ジェイクの部屋《へや》は、なにもかもがいつもどおりだ。動物《どうぶつ》のフィギュアたちは、ひきだしのついたチェストの上に、ずらりとならんでいる。三頭のゾウに、二頭のキリン、ライオンとヒョウが一頭ずつで、シマウマが五頭だ。デジタル時計の数字は、緑色《みどりいろ》に光っている。

なによりもうれしいのは、ジェイクの木がいつもどおり、ベッドわきの窓《まど》のそとにしっかりたってるってことだ。毎晩《まいばん》、街灯《がいとう》にてらされて、その木の枝《えだ》が、ジェイクの部屋《へや》のかべにかげを投《な》げかける。ジェイクはそのかげのもようを、絵にかけるぐらいはっきりとおぼえている。

ジェイクは青いベッドカバーにこしをおろして、長いため息《いき》をついた。この部屋《へや》には、なにがあってもぜったいに、クリスマスをはいりこませないぞ。気もちのおちつく木の枝《えだ》のかげが、とつぜん消《き》えた。ジェイクの部屋《へや》のかべが、白く光った。それからピンクに。そしてまた白に。

ジェイクは窓《まど》にかけよった。バカでかいスノーマンの空気人形が、むかいのエルビーさんの家の庭《にわ》にたっていた。そのスノーマンは、巨大《きょだい》な電球《でんきゅう》みたいに赤く光った。それから白に。そしてまた赤に。窓《まど》ガラスをとおして、そのスノーマンの「ホーホーホー」という声がかすかにきこえた。

ジェイクのおなかのそこから、熱《あつ》い大波《おおなみ》のようなパニックがかけのぼってきた。ジェイクがいまにも悲鳴《ひめい》をあげそうになった瞬間《しゅんかん》、スノーマンのよこのかきねから、なにかがとびだした。白黒ぶちの犬だった。しっぽはぼさぼさだ。白いスノーマンのまえにたつその犬の毛が、トゲトゲにつったっているのがわかった。

その犬は、からだをこわばらせて、ひくくみがまえている。ものすごくこわがっているのが、ジェイクにはよくわかった。かくれていた場所《ばしょ》のすぐそばに、ピカピカ光る、バカでかい怪物《かいぶつ》がたってるんだから。

赤と白の光は、またたきつづけている。それに、あの「ホーホーホー」がまたはじまった。犬はその音におどろいて、ピョンととびあがった。それから、スノーマンのまわりをぐるぐるまわって、かみついた！　スノーマンは割《わ》れた風船みたいにたおれた。光も消《き》えた。

その犬がどうなったのか、くらくてジェイクには見えなかった。でも、ジェイクのおなかのなかのパニックは消《き》えていた。

その犬のおかげで、ジェイクはいいことをおもいついた。今年は、クリスマスにすきかってさせないぞ。どうどうと、たちむかってやる！

時間をまきもどす

つぎの日、ジェイクは朝の五時におきた。セットしておいた、めざまし時計のアラームのおかげだ。ベッドからおりたジェイクは、かいちゅう電灯《でんとう》のスイッチをいれた。そっとドアをあけてろうかにでると、耳をすます。なにもきこえない。とうさんのいびきさえきこえない。しのび足で階段《かいだん》をおりて、キッチンにいった。

キッチンはなにもかもがきちんと整理《せいり》されていて、夜明けをまっている。

スマホが三つ、冷蔵庫《れいぞうこ》のよこのカウンターにならんでいる。ジェイクの家には、かあさんがきめた「わが家のルール」がある。そのうちのひとつが、「夜のあいだ、スマホを自分の部屋《へや》にもちこまない」だ。

アンディのスマホも、夜のあいだは、とうさんのとかあさんのとならんで、充電《じゅうでん》されている。

ジェイクは三つのスマホぜんぶのパスワードを知っていた。何回も何回も、おなじ動作《どうさ》でうちこんでいるのを見ていれば、わからないはずがない。だからといって、どのスマホも、つかったことは一度《ど》もない。つかう用などなかったからだ。いま、このときまでは。

まず最初《さいしょ》のスマホを手にとると、起動《きどう》した。日付《ひづけ》のモードを自動《じどう》から手動《しゅどう》に切りかえる。そして、日付《ひづけ》をべつの日にかえた。あとのふたつのスマホにもおなじ操作《そうさ》をした。どれも十二月以外《いがい》の月だ。それに、みんなにとってとうれしい日じゃなくちゃだめだ。そこで、それぞれの誕生日《たんじょうび》にした。かあさんのは四月九日で、とうさんのは七月十四日、アンディのは九月二十七日だ。

スマホをもとの場所《ばしょ》にもどすと、こんどはかべにかけてあるカレンダーを七月にもどして、自分の部屋《へや》にもどった。時間をまきもどして、クリスマスはうんととおざかった。これでよし！


月曜日の朝はいつも、ジェイクはとうさんの車で、学校まで送《おく》ってもらう。ほかの日はかあさんの役目《やくめ》だけど、月曜はかあさんがいつもよりはやく、仕事《しごと》にでかけなければならないからだ。

ジェイクはかあさんがアンディといっしょにでかける音をきいてから一階《かい》におりて、朝ごはんを食べるカウンターの黄色いスツールにすわった。トーストがのった皿《さら》を見つめながら、おもわず大きなあくびがでてしまった。朝の五時におきたので、ねむくてしょうがない。

「だいじょうぶかい？」とうさんがたずねた。

「このトースト、いやだ！」ジェイクはいった。べつにおこっているわけじゃない。ただ、ほんとうのことをいっただけだ。

とうさんはそのトーストを見ていった。「それはぼくがもらうよ。おまえのはつくりなおそう」

ジェイクはニッコリわらった。「五つに切ってね、とうさん。四つじゃないよ！　それに、バターじゃなくてケチャップだから！」

「うっかりしちゃったよ！」とうさんはそういった。しばらくして、べつのさらをカウンターにおいた。「さあ、めしあがれ！」

ジェイクはあたらしいトーストをじっくりしらべた。細長く五本に切られていて、ケチャップがぬってある。でも、はばがバラバラだ。かんぺきな

トーストをつくれるのはかあさんだけだ。でも、これ以上《いじょう》、もんくをつけないほうがいいのはわかっている。

なので、とうさんに「さあ、いそいで食べちゃってくれよ。十分後には出《しゅっ》発《ぱつ》だぞ」といわれたジェイクは、うなずいて五本ぜんぶを食べた。いちばん細いやつまでちゃんと！

それから、わすれずにひとことそえた。「とうさん、朝ごはんをつくってくれてありがとう！」

それをきいたとうさんは、なんだかなみだぐんでるみたいな、おかしなえがおを見せた。

「さあ、時間だぞ！」とうさんはそういうと、カウンターからスマホをとりあげた。日付《ひづけ》を確認《かくにん》したりはしない。もしかしたら、また自分の誕生日《たんじょうび》がきたとおもって、よろこんでるのかもしれないけれど。

ジェイクはコートをきながらカレンダーを見た。七月のままだ。うれしかった。

とうさんのトラックは、二回目でエンジンがかかった。ジェイクは助手席《じょしゅせき》から、おむかいのエルビーさんが霜《しも》のおりた芝生《しばふ》の上にたっているのを見ていた。エルビーさんはペシャンコになったスノーマンを見ながら、頭をかいている。

ジェイクは、うっかりあの犬のことをもらしたりしないように、しっかり口をとじていた。あのことはだれにも秘密《ひみつ》だ。

ところが、エンジンがかかって動《うご》きだしたトラックの助手席《じょしゅせき》から、あの犬を見つけてしまった！　アパートに住《す》んでいる人たちのゴミ箱置《ばこお》き場《ば》になっている路地《ろじ》にいた。ものかげで、なにかをかじっている。それがなんなのかはわからなかったけれど、なんだかきみのわるいものだ。

きっとあの犬は、見つけたものはなんでも食べるしかないんだろう。ぜいたくなんかいっていられないにちがいない。朝の光のなかで見るその犬は、やせこけて、きたならしかった。

「エルビーさんにはちかづくなよ」ジェイクは、その犬にむかってそっとささやいた。それから、手もふった。

なあ、ワンちゃん、ぼくとおまえとでがんばろう。いっしょにクリスマスにたちむかおう。

クリスマスツリーをぶっこわせ

学校は最高《さいこう》だ。なにもかもが、いつだっておんなじだから。正面玄関《しょうめんげんかん》のよこにあるタイルでえがかれた黄色い太陽《たいよう》、校庭《こうてい》をぐるりとかこむ深緑色《ふかみどりいろ》の柵《さく》、ろうかにひびきわたる自分自身《じしん》の足音……。どれも、ずっとかわらない。

それに学校には、ジェイクがよく知っている時間割《わ》りがある。家では、まちがったトーストみたいに、おもいがけないこともおこるけど、学校でなら心配《しんぱい》いらない。

九時ちょうどに教室で出欠《しゅっけつ》をとり、九時十五分からは朝礼《ちょうれい》、十時半からは休み時間だ。どれもこれも、ジェイクのベッドわきで光りかがやく、デジタル時計の数字とおなじように、いつもどおりでかわらない。

ところが、学校についたジェイクは、クリスマスが学校生活までめちゃくちゃにしはじめたのに気づいた。緑《みどり》の鉄《てつ》の門は、ヒイラギとモールのトゲトゲでかざられていた。

そして、ふたりの先生が、正面玄関《しょうめんげんかん》ホールにクリスマスツリーをたてようとしている。そのクリスマスツリーは、そんなところにはいたくないみたいだ。枝《えだ》をしならせて、ハッチンズ先生のおしりをピシャリとたたき、ジョーンズ先生の細い足にからみついて、ころばせようとしている。

ツリーがあんまりブルブルふるえているので、つぎになにがおこるのか、ジェイクには予想《よそう》がつかなかった。

ジェイクは目をつぶってかべにぴったりへばりつき、おそるおそる安全《あんぜん》なろうかまですすんだ。ろうかは、まだいつもどおりだった。とりあえず、いまのところは。でも、それも長くはつづかないだろうとジェイクはおもった。そして、その予想《よそう》はあたっていた。

朝礼《ちょうれい》のとき、校長のパテル先生が発表《はっぴょう》した。パテル先生はやさしいけど、ちょっとこわい。

「きょうは、いつもの時間割《わ》りはたなあげにします」パテル先生がいった。時間割《わ》りをたなにあげるってどういうこと？　どこにそんなたながあるんだ？　ジェイクはとてもおちつかない気もちになってきた。でも、ほかのみんなは気にしていないみたいだ。

「きょうから、クリスマスショーの準備《じゅんび》をはじめましょう！」パテル先生がいった。

ジェイクのまわりでは、みんなひそひそ話やクスクスわらいをはじめた。

「担任《たんにん》の先生全員《ぜんいん》がおてつだいしますからね。教室にもどったら、それぞれのクラスがなにをするのか、先生から発表《はっぴょう》があります」

ジェイクは大声でさけびたかった。「だけど、きょうは月曜日だよ！」と。月曜日は、朝礼《ちょうれい》のあとに算数の授業《じゅぎょう》があって、ジェイクは算数が大すきなのに。


ジェイクのクラスの担任《たんにん》はスイート先生だけれど、きょうは病気《びょうき》でお休みで、かわりはグローバー先生だった。グローバー先生はとっても清潔《せいけつ》な感《かん》じで、ピカピカ光っているみたいに見えた。

グローバー先生の声はキーキーと高くて、ジェイクは耳をふさぎたくなった。でも、だれかが話しているときに耳をふさぐのは、とても失礼《しつれい》なことだと、まえにエバンズさんから教えられた。エバンズさんはジェイクをサポートしてくれるクラスのアシスタントだ。

「きょうから、クリスマスショーで発表《はっぴょう》するだしもの、にむけて、準備《じゅんび》をはじめましょう」グローバー先生がキーキー声で話しはじめた。「スイート先生からは、自然《しぜん》のゆたかさをたたえるだしものをすると、うかがっています」

グローバー先生はスイート先生からわたされたメモに目をおとした。話しながら、すこし手がふるえている。

「みなさんは、ひとりずつ動物《どうぶつ》をえらんで、それについて書いて、お面《めん》をつくります。そして、そのお面《めん》をつけて、舞台《ぶたい》の上で読むんです！」

グローバー先生がなにをいっているのか、ジェイクにはさっぱりわからなかった。エバンズさんが説明《せつめい》してくれた。クラスの全員《ぜんいん》が、それぞれちがった動物《どうぶつ》のかっこうをして、自分がえらんだ動物《どうぶつ》について書いた詩《し》を読みあげるんだと。

「まずは、どの動物《どうぶつ》をえらぶのかきめてもらいます。さあ、だしものでなになるのか、きめてね！」

ジェイクはとてもうれしかった。動物《どうぶつ》はたくさん知っている。

「どの動物《どうぶつ》になるかきまった人は、手をあげてください」グローバー先生がいった。

ジェイクは手をあげるのも、先生にさしてもらうのもまちきれず、すぐに大声でさけんだ。

「ヤムシ！」クラスメートはクスクスわらった。みんなジェイクのことをわかっているし、ジェイクがすごく動物《どうぶつ》ずきなのも知っている。

「さけぶのは、なしですよ！」グローバー先生がキーキー声をあげた。「そんな動物《どうぶつ》はいないとおもうけどな、ジェイク。それにムシは、あんまりクリ

スマスっぽいとおもいません」

ジェイクはものすごくはらがたった。ヤムシを知らないなんて！　スイート先生なら、ちゃんと知っているはずだ。それに、きっと、ヤムシがとてもクリスマスっぽいってことだって知ってるだろう。ヤムシはくらがりで光るんだから！

そのあいだに、ダニエル・ウィリアムズがオオアリクイをえらんだ。ジェイクは感心《かんしん》した。ジェイクもオオアリクイがすきだ。でも、ヤムシのほうがずっとクリスマスっぽい。

「いいですね、ダニエル！」グローバー先生はそういって、黒板《こくばん》にオオアリクイと書いた。みんながつぎつぎに手をあげはじめた。つぎにグローバー先生があてたのはターニャだ。

「クマです、先生」ターニャはいった。

「すてきね！」グローバー先生はそういうと、オオアリクイのとなりにクマと書いた。

「でも、クマだけじゃだめだよ！」ジェイクは大きな声でいった。「クマにはいろいろな種類《しゅるい》があるんだよ。ちゃんとハイイログマとか、いわないと」

「灰色《はいいろ》というのは形容詞《けいようし》なのよ。かざりのことばね」グローバー先生は、まるで赤ちゃんにでも話しかけるようにいった。「ハイイログマなんて種類《しゅるい》のクマはいません」

ジェイクはたちあがった。おなかのそこから、熱《あつ》い波《なみ》がこみあげてくる。エバンズさんがジェイクのそでをひっぱるのに気づいたけれど、かまわない。グローバー先生は先生なんだから、ハイイログマを知ってなきゃいけない。ハイイログマというのが種類《しゅるい》の名前だと、知ってなきゃいけないんだ。

「ちがうよ」ジェイクはいった。「ハイイログマはクマの一種《いっしゅ》の名前だよ！」

どなったりしちゃいけないのはわかっているけれど、とめられなかった。

「ハイイログマ、ヒグマ、ホッキョクグマ、メガネグマ」大声でつづける。

「ツキノワグマ、ナマケグマ、マレーグマ、それに、ジャイアントパンダ」

ジェイクはクマの名前を何度《なんど》も何度《なんど》もさけびつづけた。そして、エバンズさんに教室のそとへつれだされた。エバンズさんは、ジェイクを校長室のそとのいすにすわらせると、教室にもどっていった。

あんなにどなりちらしてしまったことで、やっかいなめにあいそうなのはよくわかっている。でも、わるいのはぼくじゃない。バカらしくておそろしいクリスマスのせいだ。

ジェイクは玄関《げんかん》ホールにたつ、大きなツリーを見つめた。たくさんのライトがチカチカとついたり消《き》えたりしている。見ていると頭がジンジンしてきた。この木は、こんなところにきたくなかったはずだ。植木鉢《うえきばち》の土の上をティッシュがおおっている。雪のつもりなんだろう。あんなの、木だっていやにきまってる。

ジェイクはツリーにかけよると、力いっぱいおした。かたむいたツリーは、サッカーのトロフィーがかざってあるキャビネットにたおれかかった。キャビネットはずるずる動《うご》いて、事務室《じむしつ》のドアのガラスをこなごなに割《わ》ってしまった。

ざまあみろ、クリスマスめ！　ジェイクはそうおもった。

家出！

学校にむかえにきたのはとうさんだった。ジェイクにはとうさんがおこっているのかどうか、わからなかった。とうさんは、おこっているとはいわなかった。それどころか、家に帰るあいだも、ひとことも口をきいてくれなかった。

ジェイクととうさんが家にはいると、かあさんとアンディがまちかまえていた。かあさんは仕事《しごと》をはやめに切りあげてきたにちがいない。そして、ア

ンディを学校にむかえにいって帰ってきたんだ。いつもはそんなこと、しないのに。

ジェイクはコートをかべのフックにかけた。コートのポケットはパンパンにふくらんでいる。ランチの時間に、サンドイッチをつっこんだからだ。あんまり、はらがたっていて、ランチを食べる気になれなかった。

でも、いまはおなかがすいている。ジェイクはまっすぐ自分の部屋《へや》にいって、サンドイッチを食べながら、デジタル時計を見て安心《あんしん》したかった。けれど、かあさんに、キッチンにきてすわるようにいわれた。

家族全員《かぞくぜんいん》で、キッチンのテーブルをかこんですわった。だれも、ニコリともしない。だれも、なにもしゃべらない。ようやく、とうさんがせきばらいをしてから話しはじめた。

「さてと」とうさんは、それ以上《いじょう》話せなかった。アンディとかあさんも、同時に話しはじめたからだ。

アンディは、ひとのスマホをかってにいじって、プライバシーをおかすのはひどいといった。

かあさんは、ジェイクが学校でやったことが、いかにたいへんなことかと話した。

そして、とうさんは、いったいどれほどのお金を学校に弁償《べんしょう》しなくちゃいけないとおもってるんだ？　とたずねた。

でも、ジェイクにはなにひとつきこえてこない。ことばがあらしのようにうずまくばかりで、なにもわからない。そもそも、きょうおこったことで、ジェイクにわかっていることはあんまりない。

わかっているのは、クリスマスツリーをおしたことと、家族《かぞく》のスマホの日付《ひづけ》を、それぞれの誕生日《たんじょうび》にかえたことだけだ。

「おしっこ、してくる」ジェイクがいうと、みんないっせいにだまった。

おしっこをしたいのはうそじゃない。でも、トイレからでたジェイクは、キッチンにはもどらなかった。玄関《げんかん》にいくとコートをきて、そとのくらがりへとでていった。

ジェイクは走りはじめた。まっすぐ走って、アパートのかどをまがり、細い路地《ろじ》にはいった。そのまま、こわれたブランコがある古ぼけた公園を走りぬけ、小道の両側《りょうがわ》が草ぼうぼうになっている墓地《ぼち》までいった。

ここにきたのは、はじめてじゃない。何度《なんど》もひとりできたことがある。かたむいてもたれあった墓石《はかいし》のあいだに、雨風のふきこまない場所《ばしょ》があるのも知っている。なんとか、からだをおしこめるだけのスペースしかないけど、ぎゃくに安心《あんしん》できる場所《ばしょ》だ。

ジェイクはその場所《ばしょ》のおくのくらがりに、青いプラスチックのクジラをおきわすれたことがあった。でも、つぎにいったときにも、そのままの場所《ばしょ》にあった。この場所《ばしょ》のことを知っているのは、ジェイクだけってことだ。

ジェイクはふたつの墓石《はかいし》のあいだにもぐりこむと、頭をかかえるようにすわって、目をとじた。

雪がふっている。大きな白い花びらのような雪が、空からヒラヒラとおちてくる。

ジェイクはそのかくれ場所《ばしょ》からそとを見た。墓地《ぼち》のふちにある街灯《がいとう》が、墓地《ぼち》の小道をてらしている。そのあかりは、小道につもった雪に反射《はんしゃ》して、くらやみのなかでぼんやり光っている。

ジェイクは、お墓《はか》やキイチゴのやぶや、くらがりに目を走らせた。なぜだか、だれかに見られているような気がする。そして、ジェイクをまっすぐ見ている顔に気づいた。

黒い目がふたつ。目と目のあいだに、たてに白いしまがあって、黒い耳がピンとたっていた。犬だ。その犬はべつのふたつの墓石《はかいし》のあいだのスペースにいた。ジェイクがいるところとおなじような、安全《あんぜん》な場所《ばしょ》だ。

ジェイクに見えるのは、その犬の頭と前足だけだったけれど、おびえているのがわかった。からだをこわばらせ、いつでもにげられるようにみがまえている。でも、ジェイクはその犬となかよくなりたいとおもった。

「やあ、ワンちゃん」ジェイクはそっといった。「きみのこと知ってるよ」

その犬はあとずさりして、かげにかくれてしまった。ジェイクを信用《しんよう》していないみたいだ。きっと、だれのことも信用《しんよう》できないとおもっているんだろう。

ジェイクはサンドイッチのことをおもいだした。ポケットからゆっくりとりだすと、つつみをあけた。チーズとケチャップのにおいがただよってきた。犬が舌《した》をだして、自分の鼻《はな》をぺろっとなめた。でも、ちかづこうとはしない。

「こわいんだね」ジェイクはいった。「ぼく、こわそうに見えるんだろうな。だけどね、やさしいんだよ。動物《どうぶつ》が大すきなんだ」

ジェイクは、かくれ場所《ばしょ》からそろそろとはいだした。こんなにゆっくり動《うご》いたのははじめてだ。ペタリとはらばいになったけれど、犬のほうは見なかった。じっと見つめられるのが、なによりもこわいことがあるのを、ジェイクはよく知っている。

犬がじっとしているのはわかった。ジェイクは、なるべくからだをたいらにしてはらばいになったままサンドイッチをさしだし、鼻《はな》を雪のつもった草につっこんだ。

ジェイクはピクリとも動《うご》かないようにした。

どこかとおくで、クリスマスツリーをたおした男の子が、家族《かぞく》におこられているかもしれない。どこかとおくで、渋滞《じゅうたい》でイライラした車がしきりにクラクションをならしたり、はやく家に帰りたくて、いそぎ足で歩いている人もいるかもしれない。

でも、いまここで感《かん》じられるのは、雪のつめたさと、最後《さいご》のパンくずまで、ジェイクの指《ゆび》からきれいになめとっている犬の舌《した》のあたたかさだけだった。食べおわった犬は、鼻先《はなさき》でやさしくジェイクの頭をおした。

ジェイクはしめった雪に顔をうずめて、寒《さむ》さにふるえていた。いつもどおりの生活とはなにもかもが正反対《せいはんたい》だ。それでもジェイクは、いままでこんなに幸《しあわ》せな気もちになったことはなかった。

スーザンという名前の犬

ジェイクが目をあけると、目のまえにはしゃがんだアンディがいた。アンディはダウンジャケットをきて、ニット帽《ぼう》をかぶっている。手には、いつもとうさんのトラックにおいてあるかいちゅう電灯《でんとう》をもっていた。
「だいじょうぶかい？」アンディはいった。
ジェイクはうなずいた。あの犬はジェイクのかくれ場所《ばしょ》でジェイクとならんで、ウーッとうなっていた。犬はなかまのジェイクをまもろうとしているんだ。

「うならなくていいんだよ」ジェイクは犬にいった。「ぼくのにいちゃんのアンディだよ。大すきなにいちゃんなんだ。おまえもきっとすきになるよ」

アンディはびっくりしてジェイクを見つめている。「そんなこと、はじめてきいたぞ」

「まあね。いわなくても知ってたでしょ？　だけど、この子は知らないから」

「あれれっ、この子はもう、おれのことをすきになってくれたみたいだ！」しっぽをふりながらちかづく犬を見て、アンディはわらっている。「この子の名前は？」

ジェイクはちょっとかんがえた。首輪《くびわ》も鑑札《かんさつ》もついていないけど、だれにだって名前はなくちゃいけない。

「スーザン」ジェイクはいった。「この子はスーザンっていうんだ」

「へえ、どうしてわかったんだ？」

「いま、ぼくがつけたからさ」

ジェイクとアンディは墓地《ぼち》をでた。スーザンはジェイクの足にまとわりつくようにぴったりついてくる。ジェイクは、なんだか、ずっといっしょにすごしてきたみたいだとおもった。

家にちかづくと、家のまえに、屋根《やね》の上で青いライトをチカチカ光らせたパトカーがとまっているのが見えた。街灯《がいとう》の下に、何人かたっている。

ジェイクとアンディ、スーザンがちかづくのに気づくと、みんないっせいに手をふったり歓声《かんせい》をあげたりした。

ジェイクはピタリとたちどまった。パトカーの青い光がおそろしくて、目をおおいたい。それに、知らない人たちがどうしてよろこんでいるのか、さっぱりわからない。

「あの人たち、クリスマスキャロルをうたいにきたの？」ジェイクはアンディにたずねた。

「ちがうよ。おまえをさがしてくれてたんだぞ。みんな、すごく心配《しんぱい》してたんだから」

それをきいても、ジェイクにはよくわからない。くるりと背《せ》をむけて、墓《ぼ》地《ち》のかくれ場所《ばしょ》にもどりたかった。

ジェイクはスーザンを見おろして頭をなでた。スーザンはおちつきはらっている。あの青い光も、知らない人たちも、ぜんぜんこわくないみたいだ。

「スーザンは、家にはいりたがってるみたい」ジェイクはいった。

アンディはニッコリほほえんだ。「じゃあ、はいろう。いいかい？」

「いいよ！」ジェイクはこたえた。

ふたりと一ぴきは、青い光と集《あつ》まった人たちのよこをとおりすぎた。そのあいだ、ジェイクはずっとスーザンに話しかけていた。
「きっと、ぼくの部屋《へや》、気にいるよ」ジェイクは部屋《へや》にあるものをいろいろ教えた。そうすれば、スーザンも安心《あんしん》するだろうとおもったからだ。「とってもいごこちがいいし、ベッドカバーはぜんぶ青いんだよ」

ジェイクはキッチンのゆかにすわって、スーザンをだきかかえている。スーザンはビスケットを食べている。かあさんが、おまわりさんたちにだしたビスケットののこりだ。おとなたちとアンディは、ずっとしゃべりっぱなしだった。

ようやく話しおわると、おまわりさんたちは帰っていった。
「ぼくとスーザンは、もうベッドにいっていい？」ジェイクがたずねた。
とうさんとかあさんは、おたがいにちらっとあいてを見た。それから、かあさんがいった。「ええ、もちろんいいわよ」

ジェイクがドアにむかって歩くと、スーザンがあとにつづいた。

「ちょっと、まった！」とうさんがいった。「その犬はきたな……」

かあさんがとうさんのうでに手をかけると、とうさんは口をつぐんだ。

「さあ、いっていいわよ」かあさんがいう。

とうさんが、つけたした。「おやすみ。アンディ、おまえもだ。もうおそいぞ」

エルビーさんはあたらしいスノーマンの空気人形をたてていた。赤、白、赤、白の光がジェイクの部屋《へや》じゅうをてらしている。

「心配《しんぱい》いらないよ」ジェイクはスーザンにいった。「あれはただのくだらないクリスマスのかざりなんだ。この部屋《へや》にまではこないから」

ジェイクはカーテンをしめた。これまで、カーテンをしめたことはなかった。いつもだと、かべにうつる木のかげを見ていないとねむれないからだ。

でも、こんやは、カーテンをしめた部屋《へや》の感《かん》じがいやじゃなかった。

ジェイクがベッドにはいる準備《じゅんび》をしているあいだ、スーザンは耳をたてて、おすわりしていた。

「ねていいんだよ、スーザン」ジェイクはいった。

スーザンはからだをふせた。でも、まだ緊張《きんちょう》しているみたいだ。

ジェイクはベッドにはいってあかりを消《け》した。光っているのは時計だけになった。時計の光がスーザンの目に反射《はんしゃ》している。

「だいじょうぶだよ」ジェイクはスーザンにいった。それは、とうさんとかあさん、それにアンディが、いつもジェイクにいうことばだった。自分がほかのだれかにいうのは、なんだか変《へん》な気がした。

ジェイクはスーザンを見て、ゆかは、ねごこちがわるいだろうとおもった。

ジェイクはベッドの上の自分の足元あたりを
ポンポンとたたいた。
「スーザン、ジャンプ！」
ジェイクはいった。
スーザンは首をかしげて、
ジェイクを見ている。
ジェイクはもう一度《ど》
ベッドの上をたたいた。
スーザンは、
ベッドの上にとびのると、
クルクル二回まわってから、
からだをふせて目をつぶった。

スーザンは、ジェイクがこれまできいたことのないような大きなため息《いき》をついた。ジェイクはそれをきいて、ついついニコニコしてしまった。夜のあいだに、スーザンは何度《なんど》かもぞもぞと動《うご》いた。そのたびにジェイクは目をさました。そして、たおしてしまったクリスマスツリーや、グローバー先生がヤムシなんていないといったことをおもいかえした。でも、手をのばすとスーザンのあたたかくてふわふわのからだがそこにあった。スーザンのからだをかるくたたくと、あっというまにまたねむることができた。

トーストがいっぱい

スーザンは、はやおきだった。ジェイクのかみの毛に鼻先《はなさき》をつっこんで、クンクンと鼻《はな》をならした。

ジェイクはクスクスわらいながら目をさました。デジタル時計の表示《ひょうじ》は05：52だ。スーザンはドアの前にたって、前足でドアをトントンついている。

「おしっこがしたいんだね？」ジェイクはいった。

もちろん、犬はトイレをつかわない。そとにだしてやれば、すきな場所《ばしょ》で

するだけだ。そこでいっしょに階段《かいだん》をおりると、スーザンをちいさな裏庭《うらにわ》にだしてやった。ジェイクは目をそらしていた。おしっこをしているところを見られるのは、だれだっていやなはずだ。

スーザンがもどってくると、ボウルにいれた水をのませてやった。

それから、朝ごはんをつくりはじめた。まずは食パンを二枚《まい》とりだして、トースターでやいた。自分の分にはケチャップをつけた。でも、たいていの人はバターをつけるのをおもいだして、スーザンの分にはバターをつけた。

そのあと、両方《りょうほう》の食パンを細く五つに切った。

スーザンに食べさせていると、とうさんがキッチンにはいってきた。

「なにごとなんだい?」とうさんがいった。

「ぼく、自分で朝ごはんをつくったんだ。スーザンも五本のトーストがすきだって。ケチャップじゃないけどね」

「なるほど」

スーザンはとうさんにむかってしっぽをふった。

そこへ、かあさんもあくびをしながらやってきた。かあさんのかみの毛は、たったいま大げんかでもしてきたみたいにクシャクシャだ。

「ジェイクが自分でトーストをやけるなんて、知らなかったわ！」かあさんはいった。

「ぼくも知らなかった。でも、かんたんだね」

スーザンがそばにいてくれると、いろいろなことがかんたんにできる気がする。

「ウーン」アンディはねぼけたようすで、スツールにドスンとこしをおろした。スーザンは、親友とひさしぶりにあったみたいに、ものすごくうれしそうにあいさつした。

「いい子だね。おはよう、ワンちゃん。おれもまたあえてうれしいよ」アンディはわらいながらいった。「それにしても、みんなどうしたの？　こんな、朝はやくに」

「ぼくが朝ごはんをつくってあげる！」ジェイクはいった。「ぜんぶ、五本トースト！」

「でも、ケチャップぬきで！」とうさんとかあさん、それにアンディまで同時にそういった。それから、みんなで大わらいだ。スーザンはふしぎそうに首をかしげている。ジェイクはなにがおかしいのか、あとで教えてあげるねといった。

家族《かぞく》みんなでトーストをたくさん食べた。大きな食パンを一本まるごとだ。スーザンは四枚《まい》も食べた。

ジェイクはつぎからつぎへと、トーストをていねいに五本に切っていった。

ジェイクはトーストを切りながら、みんなに、きのうおこったことを、なにもかも話してきかせた。

「こんなに話すのは、はじめてね！」かあさんがいった。

ジェイクはどうこたえたらいいのかわからなかった。ほめられているんだろうか？　おこられているんだろうか？　でも、かあさんはニコニコわらっている。ということは、きっとほめられているんだろう。

「そのグローバーっていう先生、そうとうのマヌケだな！」アンディがいった。

「アンディ、やめなさい！」とうさんがいった。

「だけど、ほんとうにマヌケだよ！」アンディがいいかえす。「ヤムシっていうのは、最高《さいこう》のアイディアさ。なんてったって、くらやみで光るんだから。生きたクリスマスライトってわけ。おまえのために、ヤムシのコスチュームづくりをてつだわなきゃな」

「もし、そのだしものにでたくないのなら、むりして参加《さんか》しなくてもいいのよ」かあさんがいった。

ジェイクはトーストをかじった。

「ぼくたち、犬になろうかな。スーザンとぼくとで。カニス・ファミリアリスだ。それが学名なんだよ」ジェイクはスーザンにむかってそういった。

みんなは、じょうだんだとおもってニヤニヤしている。でも、ジェイクは本気だった。

「学校に犬をつれていくのはむりなんじゃないかな」とうさんがいった。

ジェイクはとうさんを見た。これまで、とうさんとかあさんのいうことやすることは、だいたいまちがいないとおもってきた。とうさんは、トーストをじょうずに切ることはできないにしても。ジェイクが知らないことも、ふたりはよく知っている。

なので、とうさんがまちがったことをいうのをきいて、ジェイクはショックだった。いまでは、スーザンはジェイクのからだの一部《ぶ》なんだ。だから、ジェイクが学校にいくのなら、スーザンもいっしょにいくにきまってるのに。

「ねえ、とうさん、気をわるくしないできいてね」ジェイクはせいいっぱい、ていねいなことばで話しはじめた。「スーザンは学校にいくよ。ぼくといっしょにね。でも、そのまえにスーザンをおふろにいれなきゃ」

それで、問題《もんだい》は解決《かいけつ》だ。

きょうがいつもとちがう日になるのを、ジェイクはよくわかっていた。まずはじめに、学校にはいつもの時間にいかなかった。アンディもでかけずに、ジェイクがスーザンをおふろにいれるのをてつだった。

そのあいだに、かあさんが学校に電話をしているのがきこえた。ジェイクとスーザンが学校にいったのは、午後になってからだ。

クリスマスツリーは、そとの芝生《しばふ》の上においてあった。事務室《じむしつ》のドアの割《わ》れたガラスは、もとにもどっていた。でも、校長室にはいるのはとても気まずい。心からわるいことをしたとおもっていたし、ほんとうにわるいことをしたんだけれど、校長のパテル先生に、心をこめて「ごめんなさい」というには、すごく勇気《ゆうき》がひつようだった。

それがすんでも、あちこちにクリスマスかざりのある教室に足をふみいれるのが気まずかった。クラスのみんなに、いっせいに見つめられるとおもうと、ジェイクはすくみあがってしまった。

でも、スーザンもいっしょだ。すぐとなりにスーザンのぬくもりを感《かん》じる。ジェイクが教室にはいっていくと、おもったとおり、全員《ぜんいん》の目がジェイクにそそがれた。でも、みんなニコニコしながら「やあ」といった。ジェイクは

いっしゅん、なにがなんだかわからなかった。でも、みんながスーザンを見て、うれしそうにしていることに気づいた。

スイート先生がもどってきているのを見て、ジェイクはすごくうれしかった。そして、おもわず、それまでしたことがなかったことをした。ジェイクはスイート先生にかけよって、ぎゅっとハグした。教室のみんなが拍手《はくしゅ》した。それも、ちっともおかしなことじゃない。だって、スーザンがちぎれるほどにしっぽをふって、みとめてくれたんだから。

クリスマスショー

スーザンがやってきてから、ジェイクの毎日は、ぜんぜんちがったものになったような気がしていた。いろいろなことが、すっかりかわった。そとを歩くとき、ずっと地面《じめん》ばかりを見ていなくてもよくなった。行く先になにかこわいものが見えたとしても、いまではとなりにスーザンがいる。もし、それがほんとうにおそろしいものだったとしたら、スーザンのためにもジェイクが先に気づいて、なんとかしてやらなくちゃならないんだから。

テレビでドキュメンタリー番組を見る時間は、すっかりすくなくなった。そとでスーザンと遊《あそ》ぶのにいそがしかったからだ。

スーザンは投《な》げたものをもってかえるのがすごく得意《とくい》だ。アンディとジェイクは、交代《こうたい》でスーザンの黄色いボールを力いっぱいとおくに投《な》げた。ときどきは、とうさんとかあさんも参加《さんか》した。ボールがどんなにとおくまでとんでいっても、スーザンはちゃんと見つけだして、もちかえった。

スーザンといっしょに学校にいくのも、すごく楽しい。クラスメートはもちろん、先生たちも、通学路《つうがくろ》で道をわたる子どもたちを見まもってくれているおじさんさえも、ジェイクといっしょにやってくるスーザンを、大歓迎《だいかんげい》してくれる。だれもが、スーザンに、そしてジェイクにも話しかけてくれる。

いまでは、クリスマスだってそんなにひどくないな、とジェイクはおもいはじめていた。スーザンがそばにいてくれれば、なにがおこってもへっちゃらだ。スーザンはジェイクの「いつも」になった。いつもあたたかくて、いつもうれしそうにしっぽをふって、いつもそばにいてくれる。

　ジェイクは、リビングルームにクリスマスツリーがあるわけを、スーザンに説明《せつめい》した。でもスーザンは、キラキラのモールも、ゆかにちらばっているトゲトゲの葉《は》も、ぜんぜん気にならないようだ。なので、ジェイクも気にならなくなった。


　冬休みがちかづいてきた。ということは、クリスマスショーもちかづいてきたということだ。

　ジェイクのクラスでは、毎日、動物《どうぶつ》をテーマにした「だしもの」の予行演《よこうえん》習《しゅう》をやった。それぞれがコスチュームをつくって、それぞれが、自分がえらんだ動物《どうぶつ》についてのおもしろい詩《し》を書いた。

ジェイクはコスチュームをつくらなかった。スーザンがいるからだ。ダニエルのオオアリクイと、ターニャとスタンのクマ、ティリーのジャガーのあとが、ジェイクとスーザンの出番だ。ジェイクはスイート先生に書いてもらった詩《し》を読むことになっている。

わたしは犬です。わたしは忠実《ちゅうじつ》で、正直です。
わたしはいつでも、あなたにぴったりよりそいます。

「ぼくはジェイクなのに、どうして『わたしは犬です』なんていわなくちゃいけないの?」ジェイクはエバンズさんにきいた。
「それはね、話しているのはジェイクじゃなくて、犬ってことになってるからだよ」

それをきいても、ジェイクにはよくわからなかった。それでも、とにかくその詩《し》をおぼえた。車のなかでも、朝ごはんのときも、夜にはベッドのなかでも、何度《なんど》も何度《なんど》もくりかえして練習《れんしゅう》した。

ついに、ショーの当日がやってきた。学校の講堂《こうどう》は、親や先生、子どもたちでいっぱいだ。ジェイクはクラスのなかまたちとステージのわきにたって、出番をまっていた。ジェイクはぶつぶつとつぶやいていた。

「わたしは犬です。わたしは忠実《ちゅうじつ》で、正直です。わたしはいつでも、あなたにぴったりよりそいます。わたしは犬です。わたしは忠実《ちゅうじつ》で、正直です。わたしはいつでも、あなたにぴったりよりそいます。わたしは犬です。わたしは忠実《ちゅうじつ》で、正直です。わたしはいつでも、あなたにぴったりよりそいます……」

「しーっ、ジェイク！」ジャガーのお面《めん》をかぶったティリーがいった。「もうはじまるよ」

ジェイクは口をとじた。片手《かたて》をスーザンの頭にのせる。スーザンのぬくもりを感《かん》じたけれど、気もちはおちつかない。講堂《こうどう》のなにもかもが、まぶしすぎるし、うるさすぎる。いすがゆかをこする音が、ジェイクの脳《のう》みそをひっかくような気がする。

オオアリクイもクマも、ジャガーもつぎつぎにステージにあがり、大きな声で詩《し》を読みあげた。

「ジェイクの番だよ」エバンズさんがいった。

ジェイクはステージのまんなかまで歩いた。講堂《こうどう》はシーンとしずまりかえった。しずかなのに、はげしい風がふきあれているような感《かん》じだ。

顔をあげなくちゃいけない。そうおもって顔をあげると、ジェイクを見ている人があまりにもたくさんで、ショックを受《う》けた。ものすごくたくさんの目がジェイクを見ている！　パニックをおこしてしまいそうだ。

ジェイクは、いまにも自分が、大声で悲鳴《ひめい》をあげるだろうとおもった。きっと、なにもかもがだいなしになってしまう。そんなのだめだ。

そこでジェイクは、さっとしゃがむと、スーザンのからだに顔をおしつけた。スーザンはからだをひねって、ジェイクの耳をペロッとなめた。ジェイクはスーザンのあたたかいからだのにおいをすいこんだ。パニックとおそろしさは、急《きゅう》にちいさくなった。どんどんちいさくなって、消《き》えてしまった。

ジェイクはたちあがった。おぼえていた詩《し》は、すっかりどこかへいってしまった。でも、どうでもよかった。べつのことばが、わきあがってきたからだ。だれかにつくってもらったものではなく、自分自身《じしん》のことばが。

「ぼくはジェイクです。そして、この子はスーザンです。スーザンがそばにいると、ぼくはおちついていられます。いまも、ほんとうは大声でさけんで、さけんで、さけびたかったけど、スーザンがたすけてくれました。ぼくはい

ま、みなさんにいいたいです。クリスマス、おめでとう。すべての犬たちと、人間たちに」

講堂《こうどう》のおかあさんたち、おとうさんたち、先生も子どもたちも、いっせいに大歓声《だいかんせい》をあげた。あんまり大きな声なので、耳がこわれないように、ジェイクは耳を手でおさえなくちゃいけなかった。

家に帰る車のなかは最高《さいこう》だった。かあさんととうさん、アンディはクリスマスソングをうたった。ジェイクもいっしょにうたった。ジェイクはうたうのがすごくにがてだったけれど、きょうはいっしょにうたいたかった。スーザンまでいっしょにとおぼえをした。

「今年は最高《さいこう》のクリスマスになりそうね！」かあさんがいった。

でも、そうじゃなかった。家につくと、家のまえにとめた車のなかで、男

の人と女の人がまっていた。男の人が車からでてきて、玄関《げんかん》のドアをあけて
いるとうさんとかあさんに、ちかづいてきた。
「こちらに、わたしたちの犬がいるとうかがいました」男の人はいった。
「つれもどしにきたんです！」

最高《さいこう》のクリスマス？

　車のなかにいた男の人と女の人は、ロバートとエレナーと名のった。ふたりとも、顔にしわのいっぱいあるお年よりだけど、ニコニコしている。ふたりはジェイクに、スーザンのほんとうの名前はテスだと教えてくれた。テスは特別《とくべつ》に訓練《くんれん》を受《う》けた、エレナーのための介助犬《かいじょけん》だということも教えてくれた。
「わたしはね、よくぐあいがわるくなって、ねこんでしまうんですよ」エレナーはとうさんとかあさんにそういった。「それで、テスはわたしのところにものをもってきたり、たすけてほしいときに、ロバートをよびにいったりするように訓練《くんれん》されているんです」

「二か月ほどまえなんですが、わたしたちののった自動車《じどうしゃ》が、事故《じこ》にあってしまいましてね」ロバートがいった。「とても大きな事故《じこ》で、わたしたちはふたりとも意識《いしき》をうしなって病院《びょういん》にはこばれました。そのとき、テスは車からにげてしまったようなんです。そのあと、ほうぼう、さがしまわりましたよ」

「ところが、きのうのことです。警察《けいさつ》ではたらいている友だちから電話がありましてね」エレナーがつづけた。「その人がいうには、何週間かまえに、行方不明《ゆくえふめい》になってた男の子が、ボーダーコリー犬をつれてもどってきたっていうことでして。わたしたちは、きっとテスにちがいないとおもいました」

そんな話、ジェイクはききたくなかった。おとなたちが話しているあいだ、ジェイクはゆかにすわって、スーザンをだきかかえていた。

とうとう、とうさんがいった。「なあジェイク、ざんねんだけど、スーザンをおかえししなくちゃいけない」

ジェイクは顔をあげた。エレナーとロバートが目のまえにたっていた。

「テスのこと、こんなにかわいがってくれて、ほんとうにありがとう」エレナーがいった。

ジェイクはなにもいえなかった。スーザンがジェイクの鼻《はな》をなめた。ロバートが首輪《くびわ》をつけて、リードにつないだとき、スーザンはちょっとだけしっぽをふった。ジェイクには、スーザンがほんとうはいきたくないのがわかった。

ロバートは、とうさんとかあさんにおれいをいっている。それがおわると、ロバートとエレナー、そしてスーザンは玄関《げんかん》にむかって歩きだした。

「ちょっとまって！」ジェイクがいった。みんながふりかえった。「おねがいです、ちょっとだけ、まってください。わたしたいものがあるから」

ロバートはちらっと腕時計《うでどけい》を見た。でもエレナーがいった。「いいわよ、ジェイク。まってるわ」

ジェイクは学校で、スーザンあてのクリスマスカードを書いていた。ジェイクはそれをスーザンにわたしたかった。ジェイクは二階《かい》にかけあがると、ベッドの下にかくしていたカードをつかみ、また階段《かいだん》をかけおりた。

「これを、クリスマスの日にわたしてあげてください」ジェイクはいった。

「ええ、約束《やくそく》する」エレナーはいった。「ありがとうね、ジェイク！」

そのあと、ふたりはいってしまった。スーザンもいってしまった。あまりにもあっけなく。

ジェイクは自分の部屋《へや》にもどると、ベッドにたおれこんで、顔をうずめた。ベッドカバーにむかって、さけびにさけんだ。そのまま、いつまでもさけび

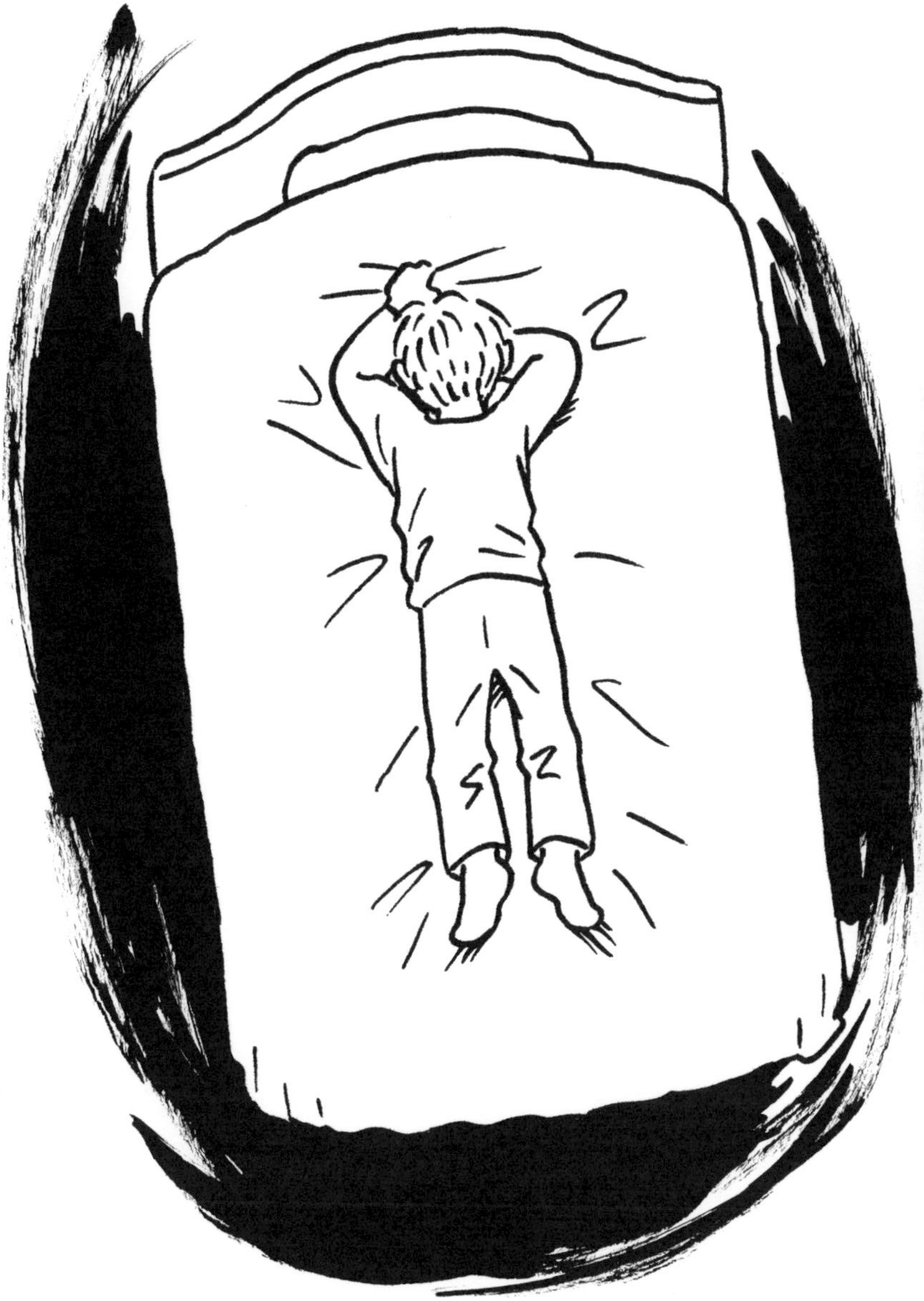

つづけることになってしまうんだろうとおもった。自分のさけび声をとめてくれるスーザンは、もういなくなってしまったんだから。

クリスマスまえの二、三日は、最低最悪《さいていさいあく》だった。スーザンがいないと、なにもかもがうまくいかない。ジェイクのからだ全体《ぜんたい》が、エルビーさんちのスノーマンにあわせて、ついたり消《き》えたり、またたいているみたいな感《かん》じだった。ある日の朝、とうさんがトーストを五本ではなく四本に切ってしまったとき、ジェイクは皿《さら》ごとほうりなげた。なにもかも、意味《いみ》がない。人が話していることばがぜんぜんきこえてこないし、自分のことばを口にすることもできない。

ジェイクの家族《かぞく》もみんな、スーザンがいなくなってさびしかった。いまではもう、だれもクリスマスを楽しみになんかしていない。アンディは部屋《へや》にこもりっきりだ。クリスマスイブに、とうさんはクリスマスツリーを庭《にわ》にひっぱりだしてしまった。かあさんは七面鳥《しちめんちょう》を冷凍庫《れいとうこ》にいれてしまった。

「ピザでもとりましょうね」かあさんがいった。「ピザなら、ジェイクも食べてくれるかも」

クリスマスイブの夜がくれていくあいだ、ジェイクはソファにすわってテレビを見ていた。頭の両側《りょうがわ》にクッションをたてているので、見えるのは正面《しょうめん》の、狩《か》りをするヒョウだけだ。コンピューターにむかっているかあさんも、新聞を読んでいるとうさんも見えない。いつもスーザンがいたソファのとなりの席《せき》も見えない。

そのとき、ドアベルがなった。

「また、クリスマスキャロルの人たちじゃないといいんだけど」かあさんがため息《いき》をついた。

二日まえの夜、おもてでクリスマスキャロルをうたいはじめたときには、ジェイクはずっとさけびつづけた。

とうさんがたちあがって、玄関《げんかん》にいった。とうさんが話す声はジェイクにもきこえた。でも、どうでもいい。かあさんもくわわって、だれかと話している。それでも、ジェイクは気にもかけない。

ところが、気づくと、目のまえにエレナーがたっていた。

ジェイクはテレビを消《け》した。

「こんばんは、ジェイク」エレナーの声は、ささやくようにちいさかった。

「きっとゆるしてもらえるとおもうけど、あなたのクリスマスカードを、すこしはやめにスーザンにわたしたの。スーザンは読めないから、わたしがかわりに読んであげた」

いったいなんの話だろう？　スーザンがカードを読めるはずがない。ジェイクは、またテレビをつけたかった。ジェイクはエレナーから目をそらして、ゆかを見つめた。でも、頭のよこにたてていたクッションをどかした。すると、エレナーがソファにすわった。

「クリスマスカードに、なんて書いたかおぼえてる？」エレナーがたずねた。

ジェイクは返事《へんじ》をしなかった。

「ここにもってきたのよ」エレナーはハンドバッグから、メガネとカードをとりだした。

エレナーはジェイクが書いたカードを読みはじめた。

スーザンへ

ぼくをたすけてくれて、ありがとう。

きみがいてくれると、歩くときに下を見なくていいんだ。ちゃんとまえを見て歩けるよ。

きみがいてくれると、パトカーのサイレンがきこえても、パトカーのまぶしい光が見えても、あんまり頭がいたくならないよ。

きみがいてくれると、トーストが五本じゃなくて、四本でも、あんまり気にならない。

きみがいてくれると、クラスのみんなが、ぼくにニッコリしてくれるよ。

きみがいてくれると、ぼくがぼくでいても、こわくないし、だいじょうぶなんだ。

きみのともだち、ジェイクより

自分がカードに書いたことなら、ちゃんとおぼえている。すごく時間をかけて書いたんだから。エバンズさんもたすけてくれた。ジェイクは、うまく書けてすごくうれしかった。どれもこれもほんとうのことだ。カードがなくたって、スーザンがわかってくれているのはわかってる。それでも、ちゃんと文章《ぶんしょう》にして書くことがだいじなんだとおもっていた。

エレナーが読みおわったときには、とうさんとかあさん、アンディもリビングルームにいた。三人でしっかりハグしている。エレナーの顔は、なみだでぐしょぬれだった。

「ほんとうにすばらしいカードね」エレナーがいった。「これを読んで、スーザンがどれほどあなたのことをすきなのかわかったの。スーザンがわたしを大すきなのもわかってる。だけどね、スーザンがほんとうにいっしょにいたいのは、あなただとおもう。だからね、スーザンをつれてきたのよ。ロバートといっしょに車でまってる。ここにつれてきていい？」

エレナーはスーザンとロバートといっしょにもどってきた。ジェイクを見たスーザンは、ものすごいいきおいでしっぽをふった。

「しっぽがちぎれそうだぞ！」とうさんがいった。

「やめてよ、とうさん！」ジェイクはさけんだ。「こわいことといわないで！」

ジェイクはスーザンのしっぽがちぎれないように、しっかりおさえようとした。スーザンはジェイクの手からしっぽをふりほどくと、かわりに前足をさしだした。

「だいじょうぶさ」アンディがいった。「とうさんはふざけただけだ。しっぽはちぎれたりしないから」

ジェイクがゆかにすわると、スーザンはジェイクの頭からジャンパーへと、クンクンかぎまわった。それから、ジェイクの耳をペロッとなめた。スーザンもジェイクとおなじくらいうれしそうだ。

みんながいっせいにわらった。エレナーとロバートもだ。ジェイクはふたりはいつもニコニコしていることに気づいた。ふたりの顔にしわがいっぱいあるのは、きっと、いつもわらっているからなんだろうとおもった。

「そろそろおいとましようかな。クリスマスのおじゃまはしたくないからね」ロバートがいった。

「おふたりがクリスマスをとどけてくれたんです！」とうさんがいった。

「いえいえ、とんでもない」エレナーは、さらに大きなえがおになっていった。「ジェイクとスーザンが、わたしたちにクリスマスをプレゼントしてくれたの」

みんながおわかれのあいさつをしているあいだ、ジェイクはかんがえた。テスをうしなうエレナーは、きっとすごくかなしいんじゃないだろうか？エレナーには、なにか気分がよくなるようなものがひつようだ。ジェイクはエレナーにかけよると、エレナーの手をひいた。

「ちょっと、まってて。わたしたいものがあるんだ」ジェイクはいった。

ジェイクは自分の部屋《へや》にかけあがると、ぐるっと見まわした。おとなは、動物《どうぶつ》のフィギュアをもらってもよろこばないだろう。でも、デジタル時計の光る数字なら、役《やく》にたつかもしれない。この時計とはなればなれになるのはつらいけど、ぼくにはスーザンがいる。そして、エレナーにはいない。

ジェイクは階段《かいだん》をかけおりると、デジタル時計をエレナーにわたした。

「さけびたくなるとき、この時計の数字を見ていると、気もちがおちつくんだ」ジェイクは説明《せつめい》した。「テスがいなくなってかなしいとき、この時計が役《やく》にたつといいんだけど」

「ありがとう、ジェイク。この時計をこれからずっと、ベッドのそばにおいておくわね。きっと、元気でいられるわ！」

エレナーとロバートがいってしまうと、とうさんとかあさんは、クリスマ

スの音楽をかけて、リビングルームでグルグルとダンスした。アンディは庭《にわ》からクリスマスツリーをもってくると、ライトのプラグをさしこみ、チカチカまたたかせた。

晩《ばん》ごはんには、豆《まめ》をのせたトーストを食べた。もちろん、きっちり五本に切ってある。ひとりひとりの小鉢《こばち》にはグリーンピースも。とうさんは、トーストにバターではなくケチャップをつけてみた。

晩《ばん》ごはんのあいだずっと、スーザンはジェイクのよこにいた。ジェイクの足には、スーザンのぬくもりが感《かん》じられた。

とうさんがコップのふちをコンコンとたたいたので、みんなは話すのをやめた。

「さあ、みんなで乾杯《かんぱい》しよう」とうさんはジュースのはいったコップをあげていった。「おかえり、スーザン！」

「おかえり、スーザン！」みんなも声をそろえた。

「なあ、ジェイク、おまえも、クリスマスをおいわいする気分になったかい？」アンディがたずねた。

ジェイクはかんがえた。うん、おいわいしたい。はじめて、クリスマスがなんのためにあるのか、わかった気がした。クリスマスっていうのは、スノーマンの空気人形でも、チカチカするライトでもない。それに、学校のクリスマスショーともちがう。

クリスマスっていうのは、いまこの瞬間《しゅんかん》の、この気もちのためにあるんだ。心のそこからこみあげてくる、このあたたかい気もちのために。

「ぼくがおいわいしたいのは『ほかの人のことをおもう気もち』だよ！」ジェイクはいった。「クリスマスって、そのためにあるんだよね？」

だれもなにもいわなかったけれど、おたがいにコップをかるくぶつけあった。

「おれは、七面鳥《しちめんちょう》でおいわいしたいな！」アンディがいった。

「うわー、すっかりわすれてた」かあさんがいった。「冷凍庫《れいとうこ》から七面鳥《しちめんちょう》をだしてこなくちゃ！」

「そうだね、おねがい」ジェイクはいった。「だってスーザンは、豆《まめ》とケチャップのトーストはすきじゃないからね」

解説《かいせつ》

ジェイクは発達障害《はったつしょうがい》のASD（自閉《じへい》スペクトラム症《しょう》）の特徴《とくちょう》を持《も》った子どものようです。

ASDの子どもは、人とかかわるのが苦手《にがて》です。一人でいるのが好《す》きな子、自分からは友だちをさそえない子、自分の気持《きも》ちばかりを言うのでわがままだと思われる子もいます。

予定《よてい》がかわったとき、行事《ぎょうじ》のときなどいつもと違《ちが》うときに、どうしたらいいかわからなくなることもあります。自分が思ったとおりにならないと、怒《おこ》ったり不安《ふあん》になったり悲《かな》しくなったりするかもしれません。そんなときには、大声で叫《さけ》んでパニックをおこしてしまう子もいます。パニックはどうしようもなくなったときに、「たすけてー！」というSOSのようなものです。その子が困《こま》っているのに、周《まわ》りの人にはわかりにくいことがあります。

まぶしい光や、いろんな音がするのがきらい、においで気持《きも》ちわるくなることもよくあります。苦手《にがて》なものにとりかこまれて、体も心もすごくつらいのです。

好《す》きなことだったら、大人《おとな》が知らないような細かいことまでくわしく知っています。大好《だいす》きなことをいつもどおりのやり方でするのがとても好《す》きです。すごく安心《あんしん》してすごせます。心がやさしくて、すなおな気持《きも》ちを持《も》っている子が多いです。

発達障害《はったつしょうがい》には、落《お》ち着《つ》きがなく、集中《しゅうちゅう》することや待《ま》つことが苦手《にがて》な注意欠如《ちゅういけつじょ》・多動症《たどうしょう》（ADHD）や、すごく苦手《にがて》な教科があって勉強《べんきょう》で苦労《くろう》する学習障害《がくしゅうしょうがい》（LD）もあります。発達障害《はったつしょうがい》の子どもはすごく得意《とくい》なことがあるのに、とても苦手《にがて》なことがあります。

あなたのそばにそんな友だちがいたら、どうして困《こま》っているのかな、何が苦手《にがて》なのかな、と考えてみてください。周《まわ》りの人がその子のつらさをわかってあげて、ちょっと力をかしてくれたら、「大丈夫《だいじょうぶ》だよ」、と声をかけてくれたら、発達障害《はったつしょうがい》の子どもたちはとても過《す》ごしやすくなります。

司馬理英子《しばりえこ》（司馬《しば》クリニック院長《いんちょう》）

ニコラ・デイビス
Nicola Davies

ケンブリッジ大学で動物学を専攻し、世界じゅうをとびまわってさまざまな動物を研究している。英国放送協会（BBC）で野生生物や自然をテーマにした番組の制作にたずさわる。主な作品に『ちいさな ちいさな めに みえない びせいぶつの せかい』（ゴブリン書房）、『やくそく』（BL出版）、『せんそうがやってきた日』（鈴木出版）など。

千葉茂樹
ちば しげき

国際基督教大学卒業後、児童書編集者をへて翻訳家に。『リスタート』『ソロモンの白いキツネ』（以上、あすなろ書房）、『名探偵ホームズ 踊る人形』（理論社）、『ひとすじの光』（小学館）、『シャクルトンの大漂流』（岩波書店）、『せかいでさいしょのポテトチップス』（BL出版）など訳書多数。

垂石眞子
たるいし まこ

神奈川県茅ヶ崎市出身。多摩美術大学卒業。主な絵本に『あついあつい』『月へミルクをとりにいったねこ』『もりのふゆじたく』『あっくんとデコやしき』（以上、福音館書店）、『おかあさんのおべんとう』（童心社）。さし絵に『ぼくのなかのほんとう』（リーブル）、「ぞくぞく村のおばけ」シリーズ（あかね書房）など。日本児童出版美術家連盟会員。

ぼくの犬スーザン

2020年10月30日　初版発行

著者　ニコラ・デイビス
訳者　千葉茂樹
画家　垂石眞子
発行者　山浦真一
発行所　あすなろ書房
〒162-0041 東京都新宿区早稲田鶴巻町551-4
電話 03-3203-3350(代表)
印刷所　佐久印刷所
製本所　ナショナル製本

ISBN978-4-7515-3031-3 NDC933 Printed in Japan